少女A

廖之韻——著

目錄

放開那個女孩

讓我們相愛如貓

後記

記得帶一束玫瑰來看我，
之後，
就是你的滄桑了

當我死的時候

記得帶一束玫瑰來看我
順便染紅你的蒼白
花香依舊飽滿
碰撞我們的十七歲

擁抱愛與憂傷
重疊著影子還有影子
還有更多破碎的
影子

陽光讓黃昏傾斜了一點點
在最好看的角度做記號
有一天，再次來過

我的世界掉出時間之外
不那麼重要的思念與遺忘
我們手牽著手走進玫瑰園——那是
最後的溫暖
細雨淋濕的唇
緊貼著五月初綻的芬芳

記得帶一束玫瑰來看我
之後
就是你的滄桑了

少女 A

四月一日無語

過完四分之一的一年之日
城市落下了雨
玩笑淹滿兩旁的水溝蓋
漂浮的腳印
一步一個句點
溫柔的
相愛
交換致死的吻

潮溼的空氣在嘴角開出朵朵罌粟花
上癮的惡意與眞實，說
我們純眞一如野獸之於春天，說
這季節用心滋養的謊，說
不是的只是終究是
一陣風過不該笑出了聲

裙襬在懸崖邊跳舞
倒吊的王冠
發亮的蜘蛛絲
流浪的故事濺起水花

面具底下無處躲藏
我們寂寞地大聲爭吵
拉開黑暗帷幕
人群撿拾月光曬傷的斑

高潮之後，直到
最初的四分之一重新開始
在一場又一場的大雨小雨中
我們的傷口腐爛著癒合著
長出完美的疤
安安靜靜地留下了

少女 A

第一次

不記得第幾次來這世界
人們說哭吧
我想聽你的聲音

很久以後開始想起第一次
睡過的床
搖晃的夏天
鵝黃色的小短裙
小心翼翼奔跑而過

標籤吊在裙角
從此跌入含苞的玫瑰園

第一次學會了分類
我不是

第一次睡不著的夜晚
一根天使羽毛換一個故事
惡魔說
愛
在夢裡的我遇見你正要離開

第一次發現原來哀傷很疼
很疼很疼的
我
不斷旋轉的天空
雨季後發漲的麵包屑
跳舞的蘑菇
以爲嗎啡只是安慰劑

第一次學會了好好的
我只是

遺忘了永遠
像是那個吻
第一次都給了這世界
連最後
也是

離開的時候

離開的時候將思念還給地球
讓遺憾化爲海中的泡沫，一顆顆
小小的，破碎的，消失的
澄澈冬夜裡的夢

選擇誕生的瞬間
想起你
想起一隻蝶
想起幾個劇本的結局

我閉上了眼

從陌生人開始
聽見彼此的哭泣
交纏的手指頭
我們的掌心漾著一滴淚

瑣碎的溫柔在天空
留下了
氣候變遷的心事
預言者行過我們的日常

命運之輪依然朝你前進
已知的未知
撿回遺忘的故事
摘下一朵花，等待
凋零的
瞬
間

回到第一天

我只是出去走走

少女 A

新年倒數

世界末日的時候你將想起什麼

也許一句不想加句點的話
一些微小的聲音
關於夜晚的膽小與夢
還有欠了誰的擁抱
來不及抵達的旅行地

說好我愛你

時間轉了一大圈
戀人們醉在甜白酒裡
思索，至死不渝

世界繼續倒數
一個又一個
想起了
我們從未知曉結束

執

下一次，我說，還有
下下一次，還有
還有再相信愛的可能
用慾望的形式和你擲骰子
最後一局永遠是下一個
么

想像一次輸贏
遊戲規則悄悄改寫

預言者放棄祕密
你的影子有缺了角的月
尋找心中的圓滿與夢
消失的
逐漸或是瞬間
機率問題留給不夜的霓虹

燈下，有蛾竄逃
往死亡的那一個方向
一朵朵燃燒的靈魂
薔薇成束販賣
我的好運正要開始

春逝

花開的季節
一朵接著一朵
落了

撞擊地面或不經意的肩膀
靈魂飛過天空
你的影子重疊成雨後的虹
逆光中的笑臉
終有一天不過眼中的沙

又落了

我們只是被留下的
只是熱鬧又寂寞的
落在春天的縫隙裡
撿起一個又一個的你

只是我們
被你留下了

折翅

如此輕易就落下一雙翅膀
預言潮溼的空氣和你
毛玻璃暈開了愛
請放心，一輩子不會太久
傷痛染紅了天空
我終將在雨中如彼岸花開
微笑著
忘記了

少女 A

過日子嘛

過於習慣眼淚的味道
我們只好譬喻成平淡的日子加了鹽
沒事的，沒事的，沒事的
反覆三次表示很重要
一天過去一天

直到世界末日依然不怎麼美麗的
以人爲名的生物
懼怕一切的毀滅與愛

只得不斷毀滅不斷毀滅不斷毀滅
祈求我們的幸福快樂

「有人在哭嗎？」
沒有答案的問句
我們依然自我感覺良好，說我愛你

十一月

我們接住月亮的碎片
戀人眼中一片汪洋

天黑時不要尋找影子
愈來愈漫長的夜從此以後
我們愈靠愈近

說起永恆的話題只是一瞬
踏過積水的紅磚道

轉頭是遺忘季節的盛開與飛散
泥巴腳印踩不住一朵紅玫瑰

捨不得說再見
擺脫憂鬱的十種方法不包括在十一月
思念
十二月，去年的，前年的

我們依偎著取暖
分享孤獨與不孤獨的愛
那是
世界還未成形的時候

五月

我等在這裡
涼風穿過花叢
鼻子癢癢的
貓咪尾巴輕搔過夢的日日夜夜
還有微光還有
假裝正愛著夏季的你
時間走了一圈圈

少女 A

青春，也許

「一部分的我，遺忘在十七歲。」
書寫過的句子點燃時光
埋藏祕密的樹洞成爲松鼠的糧倉
一個又一個不怎麼冷的冬天是夏日遙遠的妳
伸手不可探觸呀
我們只好肩並著肩，在一起
作夢

天空充滿雨的誘惑

宛如變態偷窺狂
在妳們的背後，思念整個甜到融化的季節
我不會寫，
「女孩偷走了我的十七歲。」

水缸裡的金魚吐出三個願望

我們開始編織世界的時候

以一種陌生人的姿態
夜色拉開對比
在最遙遠的位子等待
地球掛在胸前
有水流過鎖骨，流過
細細的
　　　時光
我用蛛網接住了

少女 A

靜夜・玩具

流星墜落的聲音穿過午夜鐘響
溫度跟著往下掉
接住風吹過的音符
邀貓咪跳一首小步舞曲
月牙掛在屋頂偷窺正要開展的夢

水缸裡的金魚吐出三個願望
世界很大而我們在此組裝未來
絨毛娃娃的眼珠滾進床底下

撿到機器人的翅膀
遺失的小時候

記得天使說過的話
枕邊故事永遠是下一個
待續的末日

直到玫瑰開滿了墓園
迷宮深處是我們藏起的作文簿
我的志願以及我的志願以及我的志願
撕去日曆，一切都好

積木搭建的樂園被蟲咬了一口
扮家家酒遊戲總是缺少一個角色
音樂盒裡的旋轉娃娃拒絕上緊發條
人們喧鬧著尋找意義與愛
我們不經意睡著了

噓，這一夜
玩累的夜只是安靜地
長大

少女 A

奔月

月光下空缺一個位子
無人知曉遺失的影
故事說過千年
不過又是另一段週期
不懂得如何腐朽的誓言
人們依然忘記了

離開的時候才想起
月亮上沒有一名女子一隻兔子一位不斷砍樹的男子

幾名太空人和腳印和奇怪的旗子
剩下一棵桂樹獨自芬芳

誘惑者的眼神如此無辜
月光曬傷我們的愛
不說再見與夢
我們滿懷馨香走過
從前
還有漣漪綻放如你的眼你的笑
離開的時候才想起

月亮上的故事不斷掉落
不
斷
掉
落
碰撞你的弓你的箭
摔壞了結局

我用最初的月色填空
那一天那一年，我們的
那一輪捧在掌心的月

少女 A

時間塔

醒來，與我共舞
大河氾濫後的左岸
摘下一朵蓮花
黑色的
豐收

準確地切割
堆砌
夢已吻上了星空

金絲串成的髮辮垂落大地
人們攀爬著
我永恆的心事

我醒來，遲了一個收穫的季節
白鷺鷥衝破夜色
揭開斑駁的裹屍布
人們挖掘我的渴望
也許是春天，也許
在下一次雨季
當水淹過了記憶的高度

我的肚腹滾起幾個小波浪
不過幾個小小的
騷動

從死者之國回來
凝視你的雙眼
用蘆葦筆沾取灰燼
記載靈魂的重量
肉身如此輕盈

醒來，浪漫的咒語

我的信仰與愛
時間唯有等待，或是
懼怕不再唯一的方向
當我從天頂往下跳
釋放你的永恆
破碎的沙漏堆成了世界
我們復活，生生不息

心

那是我缺乏的一個小東西
宛如嬰兒的粉嫩腳趾頭
珍珠般掛在樹梢等待聖誕夜的晶瑩
奇蹟在故事裡發酵
過期，微酸，期待中的甜
不足以品嚐聖潔的舌
適合親吻以及其他更爲下流的
純眞

那是我寄放的一個小東西
藏在魔法師或是流浪漢的斗篷裡
失眠的虱蟲負責看守
鑰匙遺失於車站前的置物櫃
隨著第一千零一號列車疾駛過站
天空架起彩虹
震落昨日黃昏時的憂傷與夢
空白的
洞

那是我撿到的一個不經意的籌碼

藏在左胸前的口袋裡
貼近美好的邊緣
搖擺著
勾引，像是天地間最初的問號
釣上另一個貪婪的熱
燒成雙眼間的你
而我，只是彎曲了
又輕輕的
躍起
那是一隻貓征服世界之後的流浪
那是一個小小的

我
而你，只是轉瞬又轉瞬又回到檯面上

局

我進入命運女神圍坐的房間
武士們的枯骨鬆垮垮地排成了圓
雙眼射出極地的豔藍
這夜，未免過於多情
像是赴死前的無盡盛宴

可惜我們依然呼吸著明日
用一個夢的時間一步一個節奏
踏向繁花盛開的憂鬱

或是換個形容詞來滿足人們的好奇
心，以及亮晃晃的
或是再換個位置重新窺探
關於所謂的定數
沒有人相信

編織成網的故事
蜘蛛輕輕地吸吮蝴蝶
鱗粉點上我的眉、我的唇
在手指尖染成了夕陽
掩蓋殺伐的

色
宛如混沌之前的我們和我們

你送來一張邀請函
塗滿蜜與奶的溫柔陷阱
從夜空掉下
摧毀人們臨睡前的願望與禱告
我將盛裝赴約最後的遊戲
這世界，求你垂憐
求你在我的網中多掙扎一會兒，直到
風

少女A

吹斷了
線

小

關於生存的擬態
選擇性
像是一粒掉下的金粉
勾引淘金者奉獻初次的愛
直到下一波熱潮溺斃了天空
泡沫破出幾道彩虹
迷宮似的豢養飢渴的獸
我沿途撒下麵包屑，等待
誰來找到回家的路

穿過邊界之後，想像
一條線沒有了終端
起始處成爲虛幻
宛如舞者繫在腰間的紗
轉身，不見
又輕輕地
搔

化爲一花一葉
化爲一露珠
化爲塵埃

化爲空

化爲

我

暫時越過無限大，也只是

重複地選擇

你，慢慢地

化作一個世界

少女 A

債

也許可以如此名之
當念頭轉動，靈光
在眼前的輪盤閃爍閃爍
跳了一場競技的雙人舞
轉圜的餘地擠滿觀衆
只好跟著暈眩在最清醒的夜半
嘗試
我
或是

你
借貸
愛
也許可以如此介紹彼此
當我們的世界美麗得忘了名字
也許可以如此記憶

孔雀藍

啪哳，一色
斷裂，童年的光影從上輩子帶來
深深的深深的深深的藏於胸口底下
不知是誰的吻痕擱淺
當海洋滲入了縫隙，而沙
疊起層層波浪，而風
吹落幾個夢
翻飛幾絲落髮，而落

瘖啞的契約自砂礫蔓延
伸長了頸自天空吊掛逼近死亡的
平和
不適用於鴿子或其他終日咕咕的亡靈
記憶瞬間消逝，我仍執著
幾萬幾千的世界之外
聽，有一色

潛入缺氧的懷抱
光合作用也許可能於誰埋藏的夢境裡
水生植物在此繁衍，悄悄圍起疆界

撒網，撒餌，撒一個下輩子的謊
漂洗過的百褶裙，一褶
一褶，一褶，一褶褶
數不到百又染了色
新的，舊

雜交後的光澤
不再飛翔，不再純粹只是
純粹
天與地貪歡一晌
一色，一雙

輪轉，我說不出口的
自我口中，吐
出
亙古以來瞬間潮溼的
憂傷，見一個
殺一個，愛
如是那樣的存在，我
色

蘋果綠

我欲望回來摘取我的肉身
當夏娃將祕密葬於樹下
埋入幾個風乾的回憶
關於純眞，就此展開
論辯，與愛
少女的雀斑點點點點
出走

青春在此成熟

花蕊比髮絲來得纖細
沾取露珠的夢
未完成的夜，也許回到午後
酣睡的白日
故事講過一遍又一遍
枝芽交錯張起了網
捕撈遠方誰遺落的身影

不可越界的溫柔
靜止的時間，空間也許虛幻
春天嘗試捎來親吻

淡淡的
灼灼的
瞬間一記烙印
世界因此成形
你，你們，我的主人與僕人

倒掛的黃昏忽遠忽近
迷宮打開了門
一個出口，入口不可捉摸
人們不需標記，名字還未鑄刻
我行走邊界

寄生於夏娃的肋骨
必須疼痛，必須酸楚
我只是相思

多麼美好而無助
搖搖欲墜的天真
終將墮落，爛成淤泥，輪迴
而妒忌，一個隱喻的藉口
豐饒之地瞬間荒涼
我在夏娃的體內貪吮蜜汁
酸與甜的交纏

古老的智慧發酵比酒還醉
我扭曲著身軀
誕生

放開那個女孩

放開那個女孩

女孩遇見很多人
很多聲音編織成網
很多建議如符咒貼滿窗櫺
很多規矩圍在腳下，小小的空隔
惡夢緊挨著惡夢
無法醒來無法睡去的世界裡
月光慘白是溫柔的髒字
都是
爲

廖之韻詩集《少女A》

金芸萱 繪

奇異果文創

了
妳
好

一串串的女孩
吊在荊棘叢的中心
迷宮繞向天際
地圖在人們的慾望裡
唯一的方向是指引好的
相信一切美麗的安排
一圈圈的花兒在墓園誤認天堂

女孩以爲作了一個夢
女孩希望只是作了一個夢
很多人很多聲音很多建議很多規矩
從臍帶纏繞處開始
女孩偷偷地剪斷
放開了那個
女孩

我們終於不再剝取玫瑰花刺掩蓋勒痕
花園無須圍籬，女孩走了過去，過去

少女 A

女孩的身體不是你的身體

女孩的身體不是你的身體
不是你的禮物不是等待被誰拆封的
不是暫時保管直到遇見你的喜悅或悲傷
不是天堂之門，不是世界末日那一天
不是第幾次的夢

女孩的身體在女孩的身體上
在女孩的子宮中展開生命
在女孩的陰道中滑出這世界的哭聲

在女孩的乳汁中打了嗝
時間暫停，女孩說：「等一下，
等我決定該長成什麼模樣。」
在女孩的身體中，女孩說：「這是
我。」

你說女孩的身體應該是——
你說女孩的身體應該要——
你說女孩的身體不可以——
你說——
而

女
孩
已從上個世紀走向未來
女孩的身體是女孩的青春與衰老
是女孩的愛與死
是女孩的
自己

少女 A

我豈好戰

我守著
你們說應當要守著的
節

慾望與貪婪，天眞與相信
我的身體我不要我不想我只是依然
照你們曾經說的那樣
生生世世，之後
死

在你們要我做的那樣

肉身冰冷的夜，鮮紅的汁液浸染墓土
掩蓋不住腐敗的氣味
擴散，擴散，擴散
數不盡的因果
化爲鬼化爲祟化爲青光刺眼
要天地與我同悲
該死的
你還有你們，我只好自己守著
我

還我應得的
一個牌位記住了名字
女子的魂啊
願我是最後的淚

・註

陳守娘有臺灣最強女鬼之稱。生前，她丈夫過世後有一官府幕賓想娶她，可她守節不再嫁，卻被該幕賓和拿人錢財要她改嫁的婆婆和小姑刺穿下體而死。但官府對此案處理輕慢，雖然最終判婆婆和小姑死刑，但幕賓已逃回對岸大陸。陳守娘冤魂不散，飄洋過海扼死該幕僚，之後回到臺灣府城繼續作祟。當地府衙請神明幫忙，但當地管事的有應公打不過陳守娘，一般神明也鬥不過她，只好請來廣澤尊王跟陳守娘大戰百回合卻是不分勝負，最後是觀音來調停此紛爭，約定：將陳守娘的牌位入節孝祠祀奉，以及不追究陳守娘在復仇期間造成的死傷。現在臺南孔廟的節孝祠內，仍有陳守娘的牌位。

林投樹下的愛情故事

海風起，浪濤中想起你的臉
破碎的誓言，天不打，雷不劈
我只好自己拼貼一個公道
用銀紙揮灑夜空
交換世界的眞實

不必懼怕，我只是在這裡
說說關於愛情的事
除非你剛好在我的故事中

不小心
走了

多麼脆弱的女子身分
跟著枝葉擺盪，帶刺的邊緣
吊掛僅有的愛
逐漸凋零的肉身，我的魂
企盼永恆的
你
回轉來，依然愛著

生生世世的戀人啊
將夜晚的溫存留待明日
我信了你，跟著你
只是這一次，讓等待留在故事裡
我將與你同行，在彼岸花開之時
染紅了

而結局，恰似好美好美的黃昏
變幻著
在一則又一則的愛情故事裡
讓我跟你說

・註

久候不到出外做生意的丈夫回來的林投姐，發現自己其實是被騙財而且被拋棄後，含怨而死。死後常出沒於林投樹（或說是自縊於林投樹），人們感到害怕而造廟祭祀後才未出現。也有另一說法是林投姐的幽靈得人幫助，渡海找到對她始亂終棄的男人，讓那男人發瘋殺了當地的妻小再自殺，以此得以報仇。

小指頭與小耳朵

親愛的孩子，快開門
大人不在家
讓我們的小祕密進到屋子裡
充滿了
甜蜜的吐息，輕輕地
不要告訴別人
夜，如此美味

親愛的爸爸媽媽，快走吧

記得教會孩子們開鎖的方法
運用靈活的小指頭
勾引陌生婦人的
心
留下
一個或兩個天眞的謊

閉上眼睛不要看
也沒有什麼聲音在黑暗中
咀嚼
卽將到來的惡夢

親愛的孩子，不再害怕被遺忘
當我吃掉了
你，而你
好乖、好乖的
在今夜停止哭泣

親愛的孩子，你也餓了嗎
燒一鍋熱油，予我
在故事的尾聲燙傷了美麗的斑紋
而我依然大方地留給你各式各樣的
小指頭與小耳朵

藏起小小的飽嗝
記得在開門之後
跟親愛的大人說
沒有人
來
這裡只有我獨自的愛

・**註**

臺灣有許多不同版本的虎姑婆故事流傳著，但大意都是大人出門獨留孩子們在家時，虎姑婆千方百計進到家裡來，吃掉了其中一個小孩，剩下的孩子發現有異而用熱油或熱水澆到虎姑婆頭上而逃生。

不哭了

熟悉的聲音在耳旁呢喃
父親跟觀音說
我，而我
停在世界的一角
土石落下，覆蓋迷濛的記憶
時間成爲安靜的永恆
人生九年，連思念都還遙遠
瞬間只剩下我惶惶的孤單

女孩兒的身影，小小的
碎
了
一點一滴半透明的淚
滲入大地的縫隙，而我
似乎想起懷抱裡的溫暖

風吹了又吹
夜也掉下星星
黑暗中的嚶嚶哭聲與你同行
從此不再寂寞

父親繼續跟觀音說

我，而觀音默默

不

哭

了

・註

臺北的寶藏巖（祭祀觀音）據說爲郭治亨和其子佛求所建。在一次地震中，佛求九歲的女兒受災而死，其鬼魂入夜後便一直啼哭，直到佛求在寶藏巖爲女兒求冥福，哭聲才漸漸消失。

絨毛娃娃破了一個洞

絨毛娃娃破了一個洞
柔軟的靈魂化成一朵雲

一朵朵的雲
在天空不說話
在黃昏的時候微涼

我撿起掉落的雲
左胸口露出絲絲棉絮

潮溼的氣候不適合保存永恆
不凋的玫瑰在玻璃罩裡遺忘
像是長大後的床邊故事
像是你唱過的歌
像是拆禮物時不小心割傷的手指頭
像是過期的
豔紅的
吻

我的絨毛娃娃在窗邊吹著風

空

空

的

少女 A

鏡像

用不存在的，製造眞實
用眞實的，製造虛像
用虛像對照眼底的你
以及你身旁的
你

不一樣的你
以及你的不一樣
世界向來不怎麼對稱

萬物生成的法則總有例外
像是一個謊
我們都承認了
各自獨立的你
複製虛幻本身的眞實

從前從前換個結局

魔女和公主從此以後過著幸福快樂的日子
聽過的故事再說一遍
結局是世界開始的原因
我們留下了愛
在空蕩蕩的王座前舞蹈
古老的大鐘唱起了歌
無人記起碎裂的玻璃鞋
我們赤腳穿過瑩亮的南瓜田
互換月色的誓言

僅有的，一個吻的永遠
在床邊說著，從前從前

讓我們相愛如貓

讓我們相愛如貓

你不在這裡
你的大貓和小貓互相哈氣
一起面向同一扇窗
一起在門口徘徊與坐下
一起回憶昨日午後，地板上的陽光格子
世界是暖暖的

趁你不在的時候
你的大貓和小貓一起吃飯玩耍

一起聽風聽雨聽街道上的腳步聲
一起成爲你的相思
在時鐘底下，滴答

我們安靜而美好的
在這裡，我們擁有無與倫比的耐心
狩獵一場愛

一瞬間

你

在這裡

日常風景

轉彎的時候
一起朝盛開的吉野櫻
一樹又一樹嚷著
美麗
春天從此留下了
行走的時候
手
碰撞著

手
牽起一輩子的線

靠近的時候
你的衣領跟我的裙襬
飄散同樣的香

在十字路口等待綠燈亮起
瞬間又是一個世界

停下來的時候
我們交換咖啡與茶

兩份不同口味的小蛋糕
歲月在貓咪的呼嚕聲中
往前了一點點

少女 A

我們只是說過很多很多的愛

我們說過很多很多的愛
從世界末日開始
玫瑰倒吊門前
你的唇褪去五月的色彩
然後
就是冬季了

那是在誕生與消逝之間
我們讓無害的話語填滿空隙

宇宙的裂縫掉出了流星，很多很多的
還有一點點光
適合許願或是遺忘
淡粉紅的傷

捧在掌心的故事
從頭開始說著又說著
逐漸沉默的我們嬉笑著
掛上一串串風鈴
那是在記得彼此的瞬間

我們只是說過了
只是
一朵花開的夜

少女 A

我要為你讀詩

我要爲你讀詩在春夜微雨聲中
讓落在屋簷的水珠滴滴答答
自我口中餵養你迷濛的夢
讓夢也化爲字
逐一飛進鬱鬱的桃花林
我們牽著手迷失於共同的歸處
我要爲你讀詩當南風吹起的時候
翻開詩集的一頁用一夜的時間熨乾淚濕的皺

散發著醚味的青春的熱
有象自繁花盛開中踏步而來
跟著音韻搖擺搖擺搖擺
衣衫飄飄，我們的歲月不知愁

我要為你讀詩在秋日葉落的瞬間
陽光依然燦爛如初相識的清亮眼神
也許點綴著你櫻桃般的唇
幾絲白髮是山裡微涼的芒草
我們的年華留在醉了的長短句
不斷不斷不斷

藏起捨不得的小祕密

我要為你讀詩當天空降下最冷的雪
呵著氣想你喜歡我用什麼樣的聲調
宣布一年結束與到來
又喜歡你多一年
又多一個夢
又是一首詩的瞬間，當我
為你讀詩的時候，我為你留下了
一首我們的詩

致逝去的

你爲什麼要走，從
疑問句被雲掩去一角
最後的時刻無法重來
我能否用一個晴天交換
像是用一顆糖交換另一顆糖
一張醫師證明交換一天休假
一只行李箱交換地上即將消失的拖痕
一段往事交換一整個宇宙的未來

沒那麼嚴重吧
只是跨過水的一方
不小心走上彩虹彎著的橋
沿途隨意留下曾經擁有的記號
等到彼岸花開
暗語在你的帳中流傳

我們說好要說再見
在一次又一次的離別之前
在你眼中閃爍的光照之下
在你的手撫摸回憶的時候

我關上門
不小心夾皺一朵玫瑰色的夢
遮蔽了天空

少女 A

世界像是

玫瑰乾燥的五月
這世界因你值得停留
乍現的句子像是
被封存的
一夜，千夜
記憶回到第一個字
晶亮的眼底你的笑
搖曳著
我們的詩像是

幾個輪迴前的事了

喜歡的樣子

我喜歡的天空是那一天
月色如初戀懸在六十度角
輕輕地
倒退回日夜交接的魔幻時刻
晚霞成爲影子的一部分
燈點亮了街，我們走過一遍遍

我喜歡的音樂是那一首
循環播放直到有一天

灰塵滲入音符縫隙
打斷了
我們賴以爲生的愛
人魚不再歌唱
王子成爲泡沫般的童話
在寂靜的深海底下

我喜歡的旅行是那一次
從上輩子就預約了
在湛藍星球的淚水裡游泳
學習悲傷的一百種方式

很痛很痛地跟你說
下一次
我們來學會笑

我喜歡的你
喜歡的
樣子
我喜歡的你是那一個
也許，遺失了

邀舞

關燈之後，商店街的騎樓才唱起了歌
白晝留下的影，搭起層層疊疊的夜
陌生人的步伐擁抱相同節奏
當我們相遇，小祕密溜走如夢

你輕閉雙眼，彎腰搭訕我的吻
用一種律動的方式，靜止
或是從未有過的姿態
舞弄虛幻的

永恆

牽不到你的手也無所謂
這一刻，我已將你納入收藏
關燈之後，商店街的騎樓依舊唱著歌

雨後

收起我們共撐的一把傘
左手疊著右手
掛在肩頭的雨滴晃了一圈
漣漪自腳邊綻放
圍繞著
彩虹落下時的驚嘆

潮濕之後依舊向前
水花濺起交錯的影

逐漸明亮的天
溫度上升一個告白的單位
你的熱度呢喃著
入秋了

我們總是並肩踏過水窪
或是跳躍時間
很久很久以後開始想起從前從前
記得所有細節與消逝的瞬間
不小心打了噴嚏
故事延續著

略帶鼻音的早安與晚安
預約下一場雨

少女 A

雨夜惑

我在我的感知中溺於你的喝采
不可觸及的遙遠之境
眼前是小小的說成了泡沫的話語
婉轉著你的喝采入我一步一頓足
輕跳如雨滴彈起了音符
用文字綴成的鈴
響了，又想

又響了

迴聲如你的喝采自在我的身旁
旋轉，又旋轉
直到這夜濕透了

我在我汗濕的裙擺中發現淚水
不是我，也許
也許我早已喪失哭泣的能力
這天地極盡歡樂，也許
也許你的喝采將成爲絕響
也許，也許你的喝采只是衆聲喧譁
也許只是我的瞬間靜默

滴滴答答落在誰家屋簷的
打擾了我的夢（我在我的舞台上跌入你的夢）
屬於光的夜，屬於我
允諾你成爲一個夢
如此誘惑著
我，跟著那陣雨
又
落

少女 A

關於書寫或是其他

那是你跟我說的故事關於
一個沒有記憶的夏，十分、十分漫長
當人們因爲熱而渴求更多雨水
自家門口淹成汪洋
我們開始飄蕩，目的地在天空彼端
彩虹吞下了大部分的
愛
等到退潮的那一天
等到擱淺的日子註記在

鑲有鬱金香花紋的行事曆
我
偷藏起鵝毛筆，不小心
滴落
墨水暈成了世界的中心
那是你起了個頭在我欲睡的夜
從前
從前
有一隻河馬或是犀牛或是大象或是一個人
提著一盞點不著的燈

尋找一絲火苗
在一季沒有月光的寒冬
留下蜿蜒的步伐寫著字
像是沙灘上的示愛與祕密，都少了
一半
又少了三分之一難以辨認的後來
後來

我醒了，假想有某種狀態醒著
綁緊耳旁吁吁的風聲
思考關於繩的結與材質

手指長出土丘般的繭，你在裡面睡著如此
安詳，從左邊數來的第二個夢
悄悄的
繁衍
當人們開始編織故事
裸露的妄想有了溫暖，有了
冷，有了誓言
碎成雪花般的紙，我從未遇見
飄雪，在這熱切的渴望之中，在這細細的
陣雨裡撐起片片荷葉
承載你說出的話，我安靜地記著那是
我們僅有的虛妄

後記

這是我的第四本詩集了，也是近幾年忙亂中偷來時光的結晶。愈忙愈喜歡思索人生與愛，或是換個說法，愈想要某種純粹的、熾烈的，甚至更多悸動，就算陷入糾結也宛如重生的狀態，然後，讓眼睛裡依然有星星般的去看這個世界。

「這是少女啊！」我隔壁的某狐說。

我以爲最少女的是我們家的黑貓喵阿妮。她總是用最好奇的心情探索世界，知道自己要什麼和不要什麼，用各種小手段滿足自己的欲望，忙著巡視與擴張地盤，想盡辦法與人類溝通，給予並接受滿滿的愛，以及不吝展示自己的美麗。

「這是少女啊！」我始終讚嘆喵阿妮。

除了喵阿妮，另外一位我心目中的少女是我隔壁的某狐。他敏感而熱情地生活著，儘管內心波濤洶湧，依然對這世界溫柔體貼。我跟他外出用餐或下午茶時，服務生十有八九會送錯飲料點心，因爲他點的東西就是那種刻板印象中的少女口味。

「這是少女啊！」我從未懷疑某狐的少女心。

不管是刻板印象中冒著粉紅泡泡的少女，或每個人心中無限遐想的少女——喜歡也好，避開也好——我的少女不限於哪個性別、年齡、物種等擾人的區分，而是無時無刻散發生命能量，愛著與恨著，就算憂鬱得要死也是那樣眞實的存在，獨一無二。

少女是一種溝通方式，是我們心中說不盡又難以言說的部分。

少女，也是玩耍著語言遊戲的我們，最自在的姿態。

少女A，是底線、是王牌，也是最難以妥協的我們。

於是，我把我的少女A寫給了你。

——廖之韻　二〇二〇年九月

小文藝 011

少女A

作者：廖之韻

封面插畫：金芸萱
美術設計：Benben
責任編輯：劉定綱
編輯助理：錢怡廷

總編輯：廖之韻
創意總監：劉定綱

法律顧問：林傳哲律師 / 昱昌律師事務所

出版：奇異果文創事業有限公司
地址：台北市大安區羅斯福路三段 193 號 7 樓
電話：（02）23684068
傳真：（02）23685303
網址： https://www.facebook.com/kiwifruitstudio
電子信箱：yun2305@ms61.hinet.net

總經銷：紅螞蟻圖書有限公司
地址：台北市內湖區舊宗路二段
121 巷 19 號
電話：（02）27953656
傳真：（02）27954100
網址：http://www.e-redant.com

印刷：永光彩色印刷股份有限公司
地址：新北市中和區建三路 9 號
電話：（02）22237072

初版：2020 年 9 月 10 日
ISBN：978-986-99158-5-4
定價：新台幣 320 元

國家圖書館出版品預行編目(CIP)資料

少女A / 廖之韻作 . -- 初版 . -- 臺北市 : 奇異果文創 , 2020.9
面 ; 公分 . -- (小文藝 ; 11)
ISBN 978-986-99158-5-4(平裝)

863.51 109013237